Christian Jolibois
Chri

Coup de foudre au poulailler

POCKET jeunesse

L'auteur

Fils caché d'une célèbre fée irlandaise et d'un crapaud d'Italie,
Christian Jolibois est âgé aujourd'hui de 352 ans.
Infatigable inventeur d'histoires, menteries et fantaisies,
il a provisoirement amarré son trois-mâts *Le Teigneux*
dans un petit village de Bourgogne,
afin de se consacrer exclusivement à l'écriture.
Il parle couramment le cochon, l'arbre, la rose et le poulet.

L'illustrateur

Oiseau de grand travail, racleur d'aquarelles
et redoutable ébouriffeur de pinceaux,
Christian Heinrich arpente volontiers
les immenses territoires vierges de sa petite feuille blanche.
Il travaille aujourd'hui à Strasbourg et rêve souvent à la mer
en bavardant avec les cormorans qui font étape chez lui.

Du même auteur et du même illustrateur

La petite poule qui voulait voir la mer
(Prix du Livre de jeunesse de la ville de Cherbourg 2001)

Un poulailler dans les étoiles
(Prix Croqu'livres 2003 et Prix Tatoulu 2003)

Le jour où mon frère viendra
(Prix du Mouvement pour les villages d'enfants 2003)

Nom d'une poule, on a volé le soleil !
(Prix Tatoulu 2004)

Charivari chez les P'tites Poules
(Prix du Jury Jeunes Lecteurs de la ville du Havre 2006)

Les P'tites Poules, la Bête et le Chevalier

Jean qui dort et Jean qui lit
(Prix Chronos Vacances 2007)

Sauve qui poule !

Coup de foudre au poulailler

Un poule tous, tous poule un !

Album collector (tomes 1 à 4)

Album collector (tomes 5 à 8)

Loi n° 49-956 du 16 juillet 1949
sur les publications destinées à la jeunesse : octobre 2008.

© 2008, Éditions Pocket Jeunesse, département d'Univers Poche.
© 2009, Éditions Pocket Jeunesse, département d'Univers Poche, pour la présente édition.
ISBN : 978-2-266-18970-5

Achevé d'imprimer en France par Pollina, 85400 Luçon – n° L51321
Dépôt légal : octobre 2008

« À tous les amoureux des cours de récré… »
(Christian & Christian)

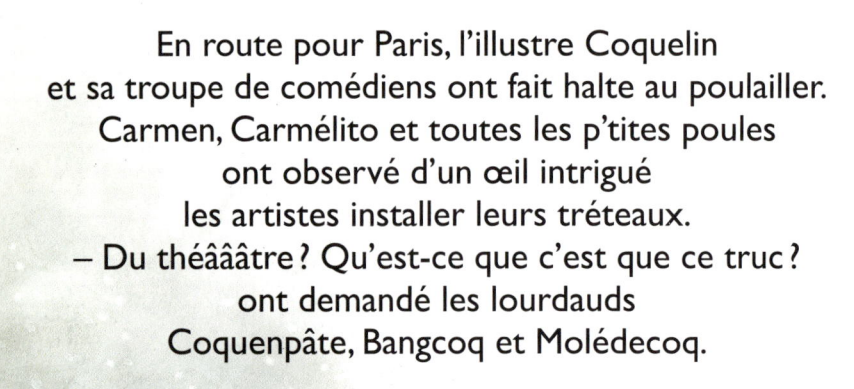

En route pour Paris, l'illustre Coquelin
et sa troupe de comédiens ont fait halte au poulailler.
Carmen, Carmélito et toutes les p'tites poules
ont observé d'un œil intrigué
les artistes installer leurs tréteaux.
– Du théâââtre ? Qu'est-ce que c'est que ce truc ?
ont demandé les lourdauds
Coquenpâte, Bangcoq et Molédecoq.

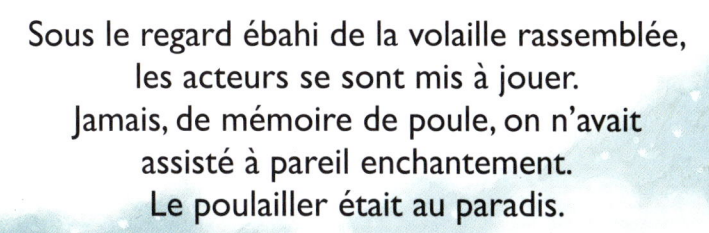

Sous le regard ébahi de la volaille rassemblée,
les acteurs se sont mis à jouer.
Jamais, de mémoire de poule, on n'avait
assisté à pareil enchantement.
Le poulailler était au paradis.

– Quoi ? Tu rrrrrefuses le marrrrriii que je t'ai choisiiii ?
Sois maudite, fille rrrrebelle ! Je te chasse à jamais !

Les p'tites poules s'emportent contre le méchant de la pièce :
– Hooouuu ! Père indigne ! Tête d'œuf à la neige !
Te laisse pas faire, petite !

Carmélito, lui, est bouleversé. Devant tant de beauté
son petit cœur de poulet s'arrête, hoquette, repart…

« Quel triomphe ! se délecte le grand Coquelin.
Ce n'est pas pour me vanter, mais quel talent j'ai ! »
Puis il s'adresse à son cher public :
– Ma fille Roxane va passer parmi vous.
Montrez-vous généreux.

Carmélito a du mal à cacher son émotion :
– Roxane… Elle s'appelle Roxane !

– Je n'y comprends rien, grommelle Bélino, le petit bélier.
Le type au chapeau, il la chasse, sa fille, ou il la chasse pas ?!
– C'est un pestacle, Bélino !
C'est pour de faux, lui explique Carmen.

– À votre bon cœur m'sieurs dames,
lance timidement la ravissante poulette rousse.

Roxane est étonnée
quand elle s'approche de Carmélito.

– Vous pleurez ?
– Euh, non ! Enfin, oui… oui…

Les larmes de Carmélito n'ont pas échappé
à Bangcoq, Coquenpâte et Molédecoq.
– Hé! regardez! Il chiale! Oh! la fille, hé…

– Même pas vrai!... Laissez-moi tranquille!

Carmen a remarqué l'émoi de son grand frère.
– C'était beau, hein? Et cette Roxane est bien jolie…
– Roxane? Quelle Roxane? répond Carmélito tout troublé.

Pendant que les artistes rangent décor et costumes,
Coquelin compte la recette.
– Vingt-deux grains de blé… cinq limaces, trois escargots…
un bouton de culotte ! C'est Noël !

Coquenpâte trouve lui aussi Roxane à son goût.
Il redouble d'esprit pour attirer l'attention de la belle.
– Hé ! hé ! hé !… Quoi de n'œuf, poulette ?
Je peux vous offrir un ver ?

Après le spectacle, Carmélito se demande
s'il ne couve pas quelque chose.
– Je… Je ne sais pas ce que j'ai.
Je frissonne, j'ai chaud et j'ai froid…
– Tu es malade, Carmélito ? s'inquiète Bélino.

Carmen, elle, invite gentiment Roxane
à venir faire du patin.
– Je peux, père ? demande la poulette rousse.
– Bien sûr ! Maintenant que tu as fini de jouer,
tu peux aller t'amuser.

Sur l'étang gelé,
Carmélito a du mal à réaliser que c'est lui,
petit poulet de rien du tout,
qui patine au côté de la plus belle fille du monde.

Ce moment de grâce est volontairement interrompu par l'arrivée brutale des trois lourdauds.

— Ça va pas la crête ?! s'écrie Carmélito furieux.
Coquenpâte lui répond par un coup en traître.

Une franche discussion s'engage aussitôt, façon p'tit coq.

Après cette prise de bec,
le petit poulet rose a besoin d'être seul.
Il aimerait pouvoir chasser la belle Roxane
de ses pensées…

Quand il rouvre les yeux, il croit rêver !
Mais non ! C'est bien elle, en vrai, là, devant lui.
– Ils ne t'ont pas fait mal ? Tu n'es pas blessé ?
demande Roxane d'une voix anxieuse.

Carmélito en a le cœur qui chavire.
« Elle s'inquiète pour moi ! Ça veut dire
que j'existe un tout petit peu pour elle ? »

Roxane est ennuyée. Elle a perdu son chapeau à plume rose.
– Carmélito, demande la coquette, peux-tu
m'aider à le retrouver ? Mon chapeau, j'y tiens beaucoup !
Puis elle ajoute dans un battement de cils :
– Je vais te faire un aveu, Carmélito,
le rose est ma couleur préférée…

Dissimulé avec ses copains derrière un tronc d'arbre,
Coquenpâte enrage :
– Misère à plume ! Roxane s'intéresse à Carmélito !

— Allons trouver Pédro le Cormoran.
C'est un génie, cet oiseau-là ! Toujours de bon conseil.

— Pédro, vite ! Il n'y a pas une seconde à perdre !
Tu ne connaîtrais pas un truc pour séduire les filles,
qui marche à tous les coups ?

Le vieux Cormoran leur répond avec sagesse
qu'avant tout il faut du temps.
Que séduire une belle est affaire de patience
et peut prendre des années…

– Des années ! se récrie Coquenpâte. Pas question !
J'suis pressé. T'as pas autre chose ?

– Si ! se souvient Pédro :
par exemple, offrir des fleurs est le meilleur des cadeaux.

– Des fleurs en hiver ? Laisse tomber !
Je cherche quelque chose de rapide et d'efficace !

Pédro prend alors un air de conspirateur
et leur chuchote à l'oreille :
– J'ai entendu parler d'une vieille recette bretonne,
appelée **le philtre de Tristan**.
La personne qui boit ce breuvage magique
tombe à jamais amoureuse de celui qui l'a préparé.

– Où trouve-t-on cette merveille ? s'écrie Coquenpâte.

– Je vais vous livrer le secret de ce philtre enchanté.
Sept ingrédients sont nécessaires à sa fabrication.
Il faut : premièrement, une cuillère de morve de rat ;
deuxièmement, une louche de bouse bien chaude…

– Parle plus bas, dit Bangcoq, on pourrait nous entendre !

Pendant ce temps, Carmélito est de plus en plus mal en point.
— J'ai les pattes qui se dilatent,
et le cœur comme du beurre,
la cervelle qui chancelle,
j'ai les yeux tout brumeux,
l'appétit qu'est parti…
Ah, mon Dieu ! que c'est embêtant
de n'être pas bien portant !

— T'es pas malade ! glousse sa petite sœur Carmen.
T'es juste amoureux !

20

– Amoureux… Je sais ce que c'est !
Je me souviens d'un fromage
que j'ai beaucoup aimé… avoue Bélino.

– Et ce n'est pas tout, grand nigaud ! dit Carmen.
Tu n'as rien remarqué ? Roxane elle aussi a un faible pour toi.
– Ah bon ? Tu crois ? s'étonne Carmélito.
– Maintenant, tu dois lui avouer que tu l'aimes.
– J'oserai jamais ! rougit l'amoureux.

– Lui offrir une rose serait du plus bel effet !
propose la poulette.
– Comment cueillir une rose en plein hiver ?
Impossible ! répond Carmélito.
– J'ai trouvé ! s'exclame soudain Carmen.

– Tu vas lui écrire un poulet !
Un poulet, c'est un petit mot d'amour.
J'irai moi-même le lui porter.

Aussitôt dit, aussitôt fait.
En deux temps trois mouvements, l'affaire est pliée.

— Dans cinq minutes, Roxane lira ton poulet, frérot !

— Ma petite sœur est formidable ! Mais je ne crois pas qu'une cocotte en papier suffise à exprimer mon amour.
Roxane mérite ce qu'il y a de mieux, Bélino !
Je vais lui trouver une rose, la fleur des amoureux.
— Une rose en hiver ?! Carmélito, t'as un grain !
— Oui. Je suis fou d'elle !

Pour Coquenpâte, le temps est compté !
L'illustre Coquelin et la belle Roxane
vont bientôt reprendre la route. Avec l'aide de ses complices,
le gros lourdaud s'empresse de réunir les sept ingrédients
pour fabriquer le philtre d'amour.

– Deux doigts de vomi de poisson…

– Une louche de bouse bien chaude…

– Un dé à coudre de pus de crapaud… Excuse-moi, vieux !

Carmen est très fière de sa mission :
messagère du bonheur !
Grâce à elle, Roxane connaîtra
les sentiments de Carmélito.

— Mais, c'est Carmen ! Sans son frère ? s'étonne Coquenpâte.
Tiens, tiens, tiens !
Où court-elle si vite avec sa drôle de cocotte… ??
Une seule façon de le savoir : coupons-lui la route !

La messagère est aussitôt immobilisée
et son courrier, intercepté.

— Bas les pattes ! espèces de mal dégrossis !
s'écrie la petite Carmen, indignée.

— Hé ! hé ! hé !... Un billet doux de Carmélito
à la jeune demoiselle du théâtre !
ricane Coquenpâte.

Et sous le regard horrifié de Carmen
le gros vilain mange la commission.

Au poulailler, les comédiens sont sur le départ.
— En route, mauvaise troupe !
lance gaiement Coquelin.

Roxane demande qu'on l'attende un instant.
Elle a le cœur chagrin.
Jusqu'au dernier moment, elle a espéré que Carmélito,
son petit coq si sensible et… si beau,
serait là pour la saluer.
« Saperlipoulette ! ce n'est pas aux filles de faire le premier pas.
Mais bon ! Si ce grand nigaud a décidé de rester muet,
c'est à moi de lui dire que je l'aime ! »

– Carmélito ?

Le petit bélier a toujours suivi son copain dans ses aventures les plus folles. Mais là ?! Pffff…
« Chercher une rose en hiver !
Ce pauvre poulet est fêlé de la coquille. »

– Pas si vite, Carmélito !
Ma parole, il a mangé du lion !

– Cherchons un abri !
Je n'ai que ma petite laine sur le dos
et je bêle de froid !

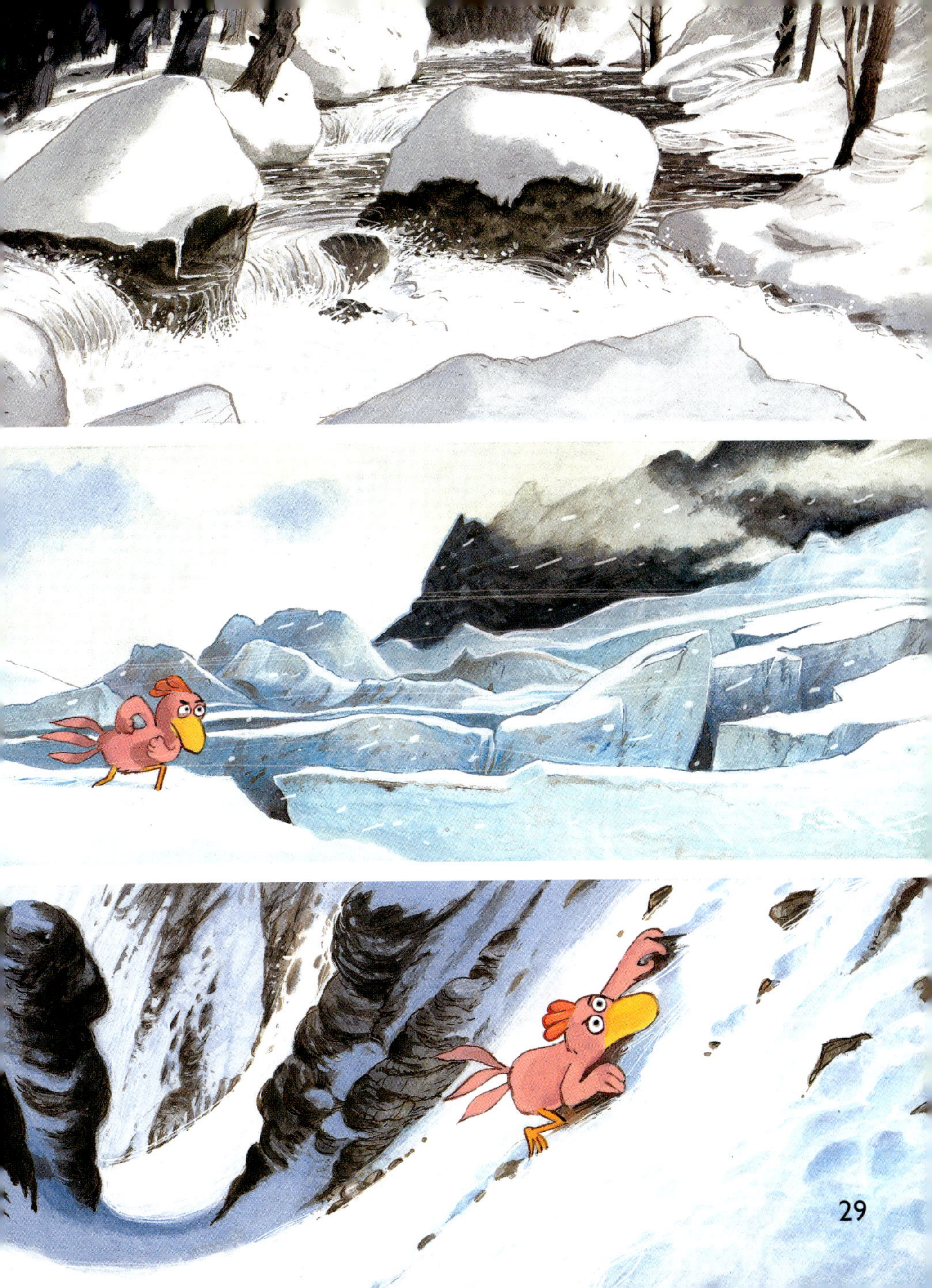

Au sommet du sinistre piton de Mortetrouille,
Carmélito se retrouve nez à nez avec Pickpocket, le porc-épic.

— Salut, Carmélito ! Je rentre du boulot…

—Venez vous réchauffer chez moi, les givrés !

Dans le repaire de Pickpocket, s'entasse le butin
de plusieurs années de chapardage.
– Ça alors ! Mes fromages de brebis ! C'était toi ?
Oh, la lunette de Galilée ! La girouette du clocher !
La lanterne du Rat Conteur ! Les sabots de la vilaine…
– Nom d'une coquille ! s'écrie Carmélito,
le chapeau de Roxane !!!
– Hi ! hi ! hi !… pouffe le porc-épic. Il faut me comprendre
les amis. Je ne peux pas m'empêcher de piquer !

Carmélito s'est réchauffé.
Il est désormais impatient de se remettre en route.
– Il me faut trouver une rose, et vite !

– Je préfère… crunch… crunch…
t'attendre ici… crunch… crunch…, dit Bélino.

Carmélito est vite à bout de souffle.
Pour se donner du courage, il se répète
le doux nom de celle qu'il aime :
« Roxane… Roxane… Roxane… »

Voilà des heures qu'il marche sans avoir rien trouvé.
Perdu au milieu de cet univers glacé,
il pense sa dernière heure venue.

En bas, dans la vallée, Coquenpâte, Bangcoq et Molédecoq,
eux, sont sur le point de réussir.
– Un pet de lapin ?... Je le tiens !

– Bravo, les gars ! se réjouit Coquenpâte.
Reste à trouver les trois poils roux d'un bébé lynx.
Et à moi le philtre qui rend… *irrésistible* !

Le vaillant petit coq est allé au bout de ses forces.
Engourdi par le froid, il sent la vie l'abandonner.
Quand soudain…

Toc ! toc ! toc !
— Allez, debout, bonhomme !

— Oh ! un poney… Un brave poney
qui s'est pris une grosse épine sur le front…

L'animal fabuleux, un peu vexé,
lui répond d'un air pincé :
– Je ne suis pas un vulgaire poney,
mais… une licorne ! Allez, monte !

– Où allons-nous ? demande Carmélito
agrippé à la crinière de la créature légendaire.
– Au pays des Mille Fleurs !
Ma noble Dame t'attend !

Le monde enchanté que découvre Carmélito
dépasse en beauté tout ce qu'il a vu et imaginé jusqu'à ce jour.
Il cherche le mot qui pourrait décrire le mieux
ce merveilleux jardin.

– C'est... c'est... épouslestouflant !

– Tu es un petit coq très courageux,
dit la Dame d'une voix douce.
J'aime les amoureux obstinés…

– Tu as raison, Carmélito !
les fleurs savent parler quand l'amour nous rend muet.
Prends ! Elle est à toi,
et cours rejoindre l'élue de ton cœur.

— Merci, Madame.

Carmélito relève la tête et… Oh ! surprise :
le jardin extraordinaire, les mille fleurs,
la Dame et sa licorne ont disparu !

De leur côté, les trois lourdauds touchent au but !
Molédecoq a apporté les précieux poils roux d'un bébé lynx.
Et de sept ! Le compte y est !
Le breuvage magique est enfin prêt !

La poulette rousse, qui n'a pas trouvé Carmélito chez lui,
s'en retourne auprès de son père.
— Voilà Roxane ! s'écrie le Roméo de basse-cour.
Reste à lui faire boire ce philtre.

Lorsqu'il arrive en vue du poulailler,
Carmélito a la désagréable surprise
de découvrir Coquenpâte aux pieds de sa belle.
« Nom d'une coquille ! Trop tard ! »

— Chère Roxane, roucoule le gros bêta,
goûtez cet excellent…

— *Haaaaaa !!!*
Le philtre ! Le philtre a disparu !

— Là-bas ! Pickpocket qui s'enfuit !
Vite ! Rattrapons-le !

— Ah, non ! Sans nous ! On en a plein les pattes !
protestent Bangcoq et Molédecoq.

Le porc-épic est encore plus gourmand que voleur !
Il boit la mixture jusqu'à la dernière goutte.

En voyant disparaître la bande des trois lourdauds,
Carmélito reprend espoir.

Il court vers elle, le cœur battant.
Discrètement, il fixe au chapeau de sa belle
la rose si durement gagnée.

Elle semble très heureuse de le revoir !
Enfin, il va réussir à lui dire qu'il l'aime, c'est sûr…

– Roxane!

– Euh… J'ai retrouvé ton chapeau !

En découvrant la rose, Roxane se dit qu'un garçon
capable d'offrir un si somptueux cadeau
est rare et digne d'être aimé…
Elle voudrait avouer son amour à Carmélito, mais…
que c'est difficile !

Puis, comme l'un et l'autre ont la gorge nouée,
ils se parlent longuement avec les yeux.

Ensuite Carmélito entraîne Roxane sur la glace.
Tous les amoureux vous le diront :
le patin facilite le rapprochement.

C'est le bonheur d'être à deux !
À cet instant, Roxane a tout oublié :
le théâtre, les tournées, sa vie sur les grands chemins…

« Cette maladie d'amour
qui vous fait les pattes gelées
et allume un incendie de forêt dans votre poitrine
est bien mystérieuse », se dit Carmélito…

Pour Roxane et Carmélito arrive enfin l'instant,
ô combien émouvant, du premier baiser.

SMAC !

Les deux amoureux sont seuls au monde…

Pédro le Cormoran avait bien prévenu Coquenpâte :
celui qui boit le philtre magique tombe amoureux
pour toujours de celui qui l'a préparé.

— Mets des lunettes, espèce de miro !
Tu vois pas que j'suis un poulet ?!